Richard Petit

KING CROTTE

ANDARA

Catalogage avant publication de Bibliothèque et Archives nationales du Québec et Bibliothèque et Archives Canada

Petit, Richard, 1958-

King Crotte
(Mini big)
Pour enfants de 7 ans et plus.

ISBN 978-2-89746-058-7

I. Titre.

PS8581.E842K56 2017 jC843'.54 C2017-941195-0
PS9581.E842K56 2017

Texte et graphisme : **Richard Petit**

Dépôt légal : Bibliothèque et Archives nationales du Québec, 3ᵉ trimestre 2017

ISBN 978-2-89746-058-7

Imprimé au Canada

Gouvernement du Québec – Programme de crédit d'impôt pour l'édition de livres – Gestion SODEC
Andara éditeur remercie la SODEC pour l'aide accordée à son programme éditorial.

Financé par le gouvernement du Canada

Canadä

info@andara.ca • www.andara.ca

MIXTE
Papier issu de sources responsables
FSC® C103567

Voici un livre qui, je l'espère,
te fera voir... LA VIE EN BRUN !

Richard

CHAPITRE

BZZZZZZZZZZZZZZZ!

Tout a commencé... ICI !
En fait, deux pages
plus loin.

C'était pourtant
une **SI** belle journée!
Le soleil brillait dans
le beau ciel bleu.

Quelques petits nuages
en forme de boules
de ouate dansaient
lentement autour
du soleil, sans toutefois
le cacher.

AAAAAAAAAAAH!
Qu'il faisait beau!

L'après-midi était sur
le point de se terminer
à l'école **A.B.C.D.E.**
AH NON! C'est vrai!
Il faut dire l'école
A.B.C.D., car le «**E**»
s'est décroché de
la façade de l'édifice.
Un gros, gros pigeon

l'a fait tomber en
voulant s'y poser.
Roméo le concierge n'a
pas encore eu le temps
de le remettre en place.

Dans la classe
de madame Julie,
les élèves attendent
avec impatience
le résultat de leur
travail de calcul.

Leur enseignante a
une bien drôle de façon
de noter le travail
de ses élèves. Elle colle
sur leurs feuilles de jolies
émoticônes. Oui!

DE JOLIES ÉMOTICÔNES!

Si le travail est bien fait,
mais que madame Julie y
trouve quelques petites
erreurs, elle y appose

cette image :

Elle veut dire : « **BRAVO !**
Beau travail ! »

Si elle ne trouve sur
la feuille de son élève
QU'UNE SEULE FAUTE,
elle colle plutôt cette
émoticône-ci :

Celle-ci signifie :

« **FÉLICITATIONS!**

Travail incroyable. »

Si un grand sourire
illumine son visage,
car le travail de son
élève n'a **AUCUNE** erreur,
elle applique avec fierté
ce magnifique
autocollant :

Ce dernier veut dire :
« **WOW !** Travail parfait ! »

AH OUI ! Il y a aussi cette émoticône, qu'aucun élève n'a **JAMAIS** reçue, heureusement :

Celle-ci signifie « **YARK !** Mauvais travail !

Tu vas retourner à
la maternelle!» Enfin,
tout plein de mots
qu'**AUCUN** élève ne
veut jamais entendre.
C'est une chance que
cette émoticône n'ait
jamais été collée sur
la feuille d'un ami
de la classe.

Assise à son pupitre,

Aurélie attend avec
impatience de recevoir
sa feuille.

La jeune fille au regard brillant a déposé devant elle son cahier
de collection.

Ce cahier contient **TOUS** les autocollants qu'elle a reçus depuis le début de l'année scolaire. De chacun de ses travaux, elle a retiré l'autocollant pour ainsi

tous les regrouper dans
ce magnifique cahier.

Ouvert devant elle,
le cahier contient une
IMPRESSIONNANTE
collection d'émoticônes.

Huit «Bravo!», douze «Félicitations!» et surtout… **VINGT WOW!** Vingt «Wow!» dont elle est très fière.

Aurélie croise les doigts de la main gauche. Puis elle caresse avec le bout des doigts de la main droite la page de son cahier, là où il y a un espace **RÉSERVÉ** pour un autre « **WOW!** ».

OUI! Elle sait très bien qu'elle aura un « **WOW!** », car elle a refait plusieurs fois chacun des calculs dictés par madame Julie. Aurélie voulait être certaine de ne pas faire d'erreur.

La pile de feuilles entre les mains, madame Julie commence la distribution.

Le cœur battant d'excitation, les deux yeux fermés, Aurélie attend sans bouger que son enseignante arrive à son pupitre. Lorsqu'elle y parvient, madame

Julie dépose la feuille
de son élève devant elle.

Aurélie ouvre un œil.
Son cœur s'arrête.
Elle ouvre l'autre œil.

— AH NOOOOOOOOON!

Un « **YARK!** ». J'ai eu un « Yark! ».

Les yeux pleins de larmes, elle pose sa tête sur son pupitre.

Ayant très bien vu la réaction de sa jeune élève, madame Julie rebrousse chemin

jusqu'au pupitre
d'Aurélie.

— Mais pourquoi
pleures-tu, Aurélie?
lui demande-t-elle alors.
Tu as pourtant reçu
un « **Wow!** ».

Sans lever la tête,
Aurélie fait glisser

la feuille vers son enseignante. Madame Julie, elle, baisse les yeux et aperçoit tout de suite la dégoûtante émoticône «Yark!». Son regard s'agrandit d'étonnement.

—MAIS JE N'AI JAMAIS COLLÉ DE «YARK!» SUR TON TRAVAIL

DE MATHÉMATIQUE!
s'étonne-t-elle, la bouche
grande ouverte.
C'ÉTAIT PARFAIT!

D'un pas pressé,
madame Julie retourne
alors à son bureau
pour y saisir la page
d'autocollants qu'elle
a utilisés pour noter
le travail de ses élèves.

Son visage se crispe
d'étonnement.

—Mais qu'est-ce qui se passe? demande-t-elle, surprise. Mais où sont passés les autocollants «Bravo!», «Félicitations!» et «Wow!»?

IL N'Y A PLUS QUE DES ÉMOTICÔNES «YARK!» SUR CETTE FEUILLE.

OH! OH!

Lorsque les élèves de la classe de sixième sont dans la cour de l'école, ils sont comme les chefs! Les leaders! Les maîtres! Les seigneurs!
Pas comme Le Seigneur des anneaux, **TSÉ**, quand même.
Mais ils se prennent pour les boss!

Les «boss des bécosses»,
comme on dit, hein!
C'est normal, car ils sont
les plus vieux, et aussi
les plus grands,
les plus forts...

**BEN OUI! GNA!
GNA GNA!**

Est-il nécessaire
de mettre dans
le glossaire l'expression

« boss des bécosses » ?

NOOOOOOOON !

C'est pour toutes
ces raisons qu'eux,
les élèves de sixième,
ont le droit d'avoir
des iPhone. iPhone que
le directeur leur permet
d'utiliser **SEULEMENT**
dans la cour de l'école.

Voilà pourquoi **PERSONNE** ne joue plus au ballon. **NON!** Car les jeunes de la sixième année, à la place de s'amuser avec le ballon, se textent plutôt entre eux. **OUI!** Ils sont **TOUS** là dans la cour de l'école, à se texter entre eux!

ÉTRANGE! Pourquoi étrange?

Parce qu'ils sont l'un à côté de l'autre, alors ils pourraient **JUSTE** se dire en plein visage, de vive voix, ce qu'ils ont justement à se dire.

BEN NON, VOYONS! C'est **BEN** plus **COOL**

de se texter
que de se parler…

OUAIS !

Alors voilà justement
Justin qui, caché à
l'ombre du seul arbre
qu'il y a dans la cour
de l'école, texte Rita.
NOOOON! Il y a erreur
sur la personne! Rita est

la vieille dame qui
habite la résidence
Soleil, la maison pour
personnes âgées.

Justin texte
plutôt Émilie,

**LA BELLE
ÉMILIE...**

Yo, Justin! As-tu reçu le petit mot que je t'ai fait parvenir par mon amie Victoria?

Émilie

Oui!

Justin

Alors ?

 Alors quoi ?

Tu veux
ou tu ne
veux pas ?

Tu veux ou tu ne veux pas quoi?

Ben, tu sais?

 Oui, je sais. Mais je veux que tu me le demandes encore.

AAAAAAAAH! VOUS, LES GARS!

Veux-tu sortir avec moi? 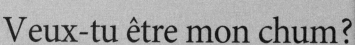 Veux-tu être mon chum?

De bien trop longues secondes s'écoulent.

Le visage de Justin s'illumine d'une grande joie, car il aime **BEAUCOUP** Émilie. Il répond à **SA NOUVELLE BLONDE** par l'émoticône «Bécot» qui signifie... **OUI!**

Cependant, Émilie reçoit plutôt cette émoticône...

Qui veut dire... **NON!**

De l'autre côté de la cour d'école, Émilie lève les yeux vers Justin. Ils sont remplis de larmes. Près d'elle, ses amies ont **TOUT DE SUITE** remarqué dans quel état la jeune fille se trouve.

— Mais qu'est-ce qui se passe, Émilie? lui

demande Léa-Rose.
Pourquoi pleures-tu?

— **C'EST À CAUSE DE JUSTIN!** lui répond-elle. **IL M'A NIAISÉE! C'EST FINI!** Je ne parlerai plus jamais à **CE** garçon.
À tous les autres garçons non plus, d'ailleurs..

JAMAIS!

Puis elle se dirige d'un pas lourd vers la porte de l'édifice. À l'autre bout de la cour d'école, Justin, la mine découragée, observe les amies d'Émilie qui, en colère, le dévisagent, les poings solidement posés sur leurs hanches.

— **MAIS QU'EST-CE QUE J'AI FAIT ?** essaie de saisir le garçon qui n'y comprend rien.

Comme réponse, les filles quittent les lieux en marchant d'un pas lourd, tout comme Émilie.

Justin lui, qui
ne comprend
ABSOLUMENT pas ce
qui se passe, jette un
coup d'œil au dernier
texto qu'il a envoyé
à Émilie. Sur l'écran
de son iPhone,
il aperçoit à son
grand étonnement…

— **MAIS CE N'EST PAS CETTE ÉMOTICÔNE QUE J'AI ENVOYÉE À ÉMILIE!** Qu'est-ce qui se passe?

OH! OH! ENCORE!

CHAPITRE

3

BZZZZZZZZZZZZZZ!

Entre le soleil et
la Terre, il y a un bien
curieux royaume
qui se nomme...
TEXTOVILLE!

C'était pourtant une **SI** belle journée! Le soleil brillait dans le beau ciel bleu. Quelques petits nuages en forme de boules de ouate dansaient et…

EUH! Tu vas dire que c'est **COMME** le premier chapitre, oui,

sauf qu'ici, à Textoville,
il fait **TOUJOURS
TRÈS BEAU!** Oui!
Car cet endroit magique
se trouve au-dessus
des nuages, directement
sous le soleil…

**DONC, TOUJOURS
SOUS LE SOLEIL!**

Oui ! Si tu regardes
attentivement dans
le ciel, lorsqu'il n'y a

pas de nuages,
tu y remarqueras
un minuscule point.
Et ce point n'est pas
qu'un simple point
comme on voit à la fin
d'une phrase dans
les livres.

NON!

Si tu examines bien
ce point, avec un très

PUISSANT télescope, bien sûr, tu y verras plutôt une curieuse ville qui flotte en l'air. Il s'agit de Textoville, le royaume d'un roi vraiment bizarre appelé…

KING GROTTE

Ce roi porte **VRAIMENT** bien son nom! «King» veut dire «roi» et «crotte» signifie, ben, «crotte», bien sûr. Ou «caca», si tu préfères. Moi, je ne préfère aucun, ni «crotte» ni «caca». Mais ça, c'est moi, celui qui raconte cette **FOLLE** histoire.

Tu as une préférence, toi?
AH NON! Ne réponds
pas! Poursuivons plutôt
ce récit.

Alors, bien entendu,
ce roi qui est l'autorité
de Textoville, l'autorité,
si tu veux savoir ce
que ça signifie, c'est
comme tes parents ou
le directeur de l'école,

tout comme eux, c'est lui qui décide de plein de choses. Oui, le roi King Crotte gouverne **TOUS** ses sujets, qui sont…

DES ÉMOTICÔNES!

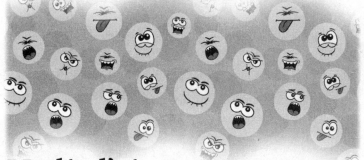

Voilà d'où proviennent les émoticônes qui apparaissent dans

les iPhone et les autres portables, et aussi **PARTOUT** ailleurs où tu aperçois leurs images. Elles proviennent de...

CE N'EST MAINTENANT PLUS UN SECRET POUR TOI!

Alors que tout va
pour le mieux
dans le royaume
de King Crotte…

**PIN-POU PI-POU
PA-PAPA-POU !**

Panique, l'émoticône
chargée de la sécurité
du royaume, vient
de sonner l'alarme.

PIN-POU PI-POU PA-PAPA-POU!

Affolées et ne sachant pas quoi faire, **TOUTES** les émoticônes du royaume se mettent à courir dans tous les sens. Ce n'est pas étonnant, car c'est

la première fois que
l'alarme se fait entendre.
Ça doit donc être
grave… TRÈS GRAVE!

Sur la grande place
devant le château,
les émoticônes
commencent enfin
à se regrouper sous
le balcon. Toutes
prises d'une grande

inquiétude, elles veulent
maintenant savoir
pourquoi l'alarme a été
sonnée, et comprendre
ce qui se passe.

Aussi, elles sont toutes
ici afin de connaître
les ordres du roi qui
va bientôt apparaître
sur la haute plateforme.

Un **GRAND** silence
s'installe soudain
sur la place...

Puis, le son d'un Jell-O
qui se déplace dans une
assiette de dessert se fait
entendre.

**CHLIC! CHLIC!
CHLIC!**

En vérité, il s'agit bien
entendu de King Crotte,
qui se glisse lentement
à l'extérieur du château.
Dehors, il apparaît
enfin, dans toute
sa splendeur. D'accord,
splendeur n'est peut-être
pas le mot qui convient
pour décrire le roi,
mais enfin, il faut bien
respecter la monarchie.

TA-DAAAAM!

Sur la grande place, aux pieds de King Crotte, tous ses sujets se pincent maintenant le nez. Ils le font pour deux raisons: tout d'abord par respect pour le roi, car il est coutume de le faire en

présence de Sa Majesté.
Aussi parce que, bon,
il faut dire qu'il fait
peut-être très beau
à Textoville, mais
malheureusement,
ça ne sent pas très bon.

Il est **COMPLÈTEMENT**
inutile de dire à
cause de qui, hein ?
De sa voix onctueuse,

le roi prend la parole
devant la foule...

— **QUECÉ ?**

Sur la grande place,
les émoticônes
se regardent en
s'interrogeant.
Personne n'a compris
ce que le roi a dit.
King Crotte reprend

la parole, et prend bien
soin de s'adresser à
ses sujets de manière
plus correcte.

—Mais que se passe-t-il
dans mon royaume?
QUI a sonné l'alarme,
et pourquoi?

Dans la foule, une
émoticône verte de peur

se faufile entre les
autres. Avec difficulté,
elle parvient enfin
à se placer juste sous
le balcon où se tient
le roi. Ce dernier
aperçoit alors Panique.

—**PANIQUE!** Pourquoi
as-tu sonné l'alarme?

(Tu dois pincer ton nez
pour lire la réponse
de l'émoticône Panique,
car, comme tu sais,
ça ne sent pas très bon
à Textoville.)

—Majestueux Ping
Pong! **EUH PARDON!**
King Crotte! se reprend
nerveusement Panique.
C'est une grande...

CACAstrophe!

Le roi plisse les yeux,
car il ne comprend pas.

—Mais qu'est-ce qui
se passe, Panique?
demande King Crotte.

—Quatre émoticônes
sont portées disparues et
demeurent introuvables.

Je les ai cherchées
PARTOUT dans
Textoville, même dans
les **P'TITS COINS!**
Elles ne sont nulle part
dans la ville…

DISPARUES!

Les yeux du roi
s'agrandissent comme

des pièces de
deux dollars.

—Qui donc manque à
l'appel? insiste le roi.

—Sourire, Bécot,
Clin-D'Œil et Lunettes!
Vos émoticônes les plus
célèbres du royaume,
puissant Bing Bang!

EUH PARDON! King Crotte!

—**NOM D'UNE PINOTTE!** éclate de colère le roi. **RÉUNION DE TOUS MES CONSEILLERS IMMÉDIATEMENT DANS LA GRANDE SALLE DE BAIN, SUR-LE-CHAMP!**

Parmi la foule toujours silencieuse, une main solitaire s'élève au-dessus des têtes. Une émoticône désire poser une question. Il s'agit justement de Cerveau, l'un de ses plus brillants et plus intelligents conseillers.

Le roi lui accorde
la parole.

— **QUECÉ** ❓

N'ayant pas obtenu
de réponse tantôt
en utilisant cette
expression, King Crotte
se reprend aussitôt…

— Qu'est-ce qu'il y
a, Cerveau?

— Vous avez dit : « Réunion de tous mes conseillers dans la grande salle de bain, sur-le-champ », répète l'émoticône. Alors, c'est dans la grande salle de bain que je dois me rendre, ou dans le champ qui est derrière le château ?

L'air découragé, le roi
jette un regard impatient
vers Cerveau.

Dire que c'est lui
le plus intelligent...

**EST-CE LA FIN DE
TEXTOVILLE?**

BEN NON! Il y a plein
d'autres chapitres
dans ce livre...

CHAPITRE 4

L'heure est grave, même pour ceux et celles qui n'ont pas de montre...

Assis sur son trône, King Crotte inspire profondément avant de prendre la parole devant les membres de son conseil.

—**OUI! C'EST MALHEUREUSEMENT VRAI!** confirme le roi. Panique a raison. J'ai demandé à mes émosoldats de chercher **PARTOUT** dans la ville, ils ne les ont pas trouvés. Sourire, Bécot, Clin-D'Œil et Lunettes ont disparu. Peut-être qu'ils sont tombés,

et qu'ils se sont écrasés
sur la terre ferme,
en bas, où habitent
les humains.

**SPLOUT! SPLOUT!
SPLOUT! SPLOUT!**

—Peut-être qu'ils ont
été enlevés par des
extraterrestres, réfléchit
à voix haute Cerveau.

Et ces vilains extraterrestres vont pratiquer **TOUTES** sortes d'expériences sur eux et nous les ramener dans cent ans avec **TOUT PLEIN** de cicatrices.

Toutes les émoticônes
se dévisagent
d'un air apeuré.

L'HEURE EST TRÈS GRAVE !

Tout le monde est d'accord.

—J'ai demandé à Triste, Mon-Œil, Yark et Crotte-De-Nez de remplacer Sourire, Bécot, Clin-D'Œil et

Lunettes en attendant, poursuit le roi. Car les gens vont naturellement continuer de se texter entre eux.

Devant lui, l'émoticône Peureux s'oppose et tente de faire comprendre à King Crotte qu'il fait une **GRAVE** erreur.

—Mais votre brune splendeur. Réalisez-vous que les gens qui se textent croiront envoyer Sourire, mais à la place ils mettront Triste dans leurs textos? Et qu'à la place de mettre Clin-D'Œil, ils enverront plutôt Crotte-De-Nez ? Et ainsi de suite.

Le roi replace sa couronne correctement sur sa tête, et se met à réfléchir.

—Pensez à ce qui va arriver si nous ne retrouvons pas Sourire, Bécot, Clin-D'Œil et Lunettes au plus vite! poursuit Peureux. Il y aura des élèves qui croiront avoir eu une mauvaise note à l'école, car ils auront reçu de leur enseignant la mauvaise émoticône. Il y aura aussi des amoureux qui jamais ne se tiendront la main à cause d'une mauvaise émoticône.

AH OUAIS?

—En plus de ne jamais pouvoir se donner des becs sur la joue, ajoute l'émoticône Cœur, elle aussi très attristée.

—**YARK!** crient de dégoût toutes les autres émoticônes autour d'elle.

—**DES BECS! YARK!**
objecte ensuite
l'émoticône Vomi.
Des becs sur la bouche,
tant qu'à y être!

—Bien oui! poursuit
Cœur. **SUR LA BOUCHE!**
Pourquoi pas?

—DOUBLE YARK!

continue Vomi, dégoûté. **CESSE DE DIRE CES CHOSES DÉGOÛTANTES!**

Se sentant un peu rejeté de la conversation par ses sujets, King Crotte entre dans une vive colère.

—CE N'EST PAS BIENTÔT TERMINÉ, VOS CONNERIES?

Dans la grande salle de bain, toutes les émoticônes figent comme des statues. Après de longues secondes de silence, le roi reprend la parole.

—Comme vous voyez, chers membres du conseil, il faut trouver une pollution à notre problème, et très très vite.

Dico, l'émoticône Dictionnaire, s'approche alors du roi pour lui murmurer tout bas à l'oreille. Pas trop près, quand même, n'est-ce pas, hein? Parce que, tsé, l'odeur, ouais, tu sais…

—Euh pardon, votre dégueulasserie, vous avez dit «pollution» à la place de «solution».

AH OUI!

Le roi se tourne vers Dico et s'interroge quelques secondes avant de lui répondre.

— Mais c'est ce que j'ai dit, « solution », réplique King Crotte.

— Non, notre moelleux souverain, le corrige Dico. Vous avez dit « pollution », avec un « **P** », **P-P-P-P-POLLUTION**.

Le roi s'en étonne. Ce dernier se rapproche

de Dico pour lui parler tout bas. Ce dernier s'écarte de son souverain parce que, tsé, l'odeur, ouais, tu sais…

— Tu crois que les autres émoticônes ont entendu? le questionne le roi, craintif et mal à l'aise.

—BAH NON !

le rassure Dico.

Dico ment, bien sûr…

King Crotte lève les yeux
vers son assemblée.
Devant lui, toutes les
émoticônes se mettent
tout à coup à siffler et
à regarder le plafond.

Elles font comme si de rien n'était.

— On fait quoi maintenant, votre tendre mollasson? ose demander l'émoticône Inquiet. Vous avez une pollution, comme vous dites?

Le roi baisse la tête,

et se met à fixer le sol.
Il est comme…
AU BOUT DU ROULEAU!

Puis, d'un geste brusque,
il se redresse. **IL VIENT
D'AVOIR UNE IDÉE!**

—JE SAIS!
Il nous faut une
émoticône Détective! se
réjouit-il d'avoir trouvé.

— Mais il n'y a pas d'émoticône Détective, lui rappelle Dico. Personne n'a jamais eu besoin de ce genre d'émoticône, **SIRE**.

Le roi bondit sur son trône.

—**DICO!** ordonne-t-il d'un air décidé. Tu vas te rendre avec les autres à la fabrique d'émoticônes afin de créer la première émoticône Détective.

FAITES VITE !

Puis King Crotte se laisse glisser au centre de la grande salle de

bain et s'arrête
devant
l'émoticône
Selfie.

— Toi, Selfie, tu vas
sortir de la ville et
tu vas ratisser **TOUT**
le royaume. Si jamais
tu découvres une piste
ou que, par une grande

chance, tu les retrouves,
envoie-moi des photos.

Beau-Bonhomme,
Nono, Peureux et…
et… Mais où
est donc Bobo?

Bien entendu, comme
toujours, Bobo se tient

tout au fond de la
grande salle de bain
parce que, n'est-ce pas,
hein? Parce que, tsé,
l'odeur, ouais,
tu sais…

King Crotte l'aperçoit
loin de lui…

— **ET TOI, BOBO!**
lui crie-t-il alors pour se

faire entendre.
Vous allez tous
les quatre avec Selfie…
**PARTEZ TOUT
DE SUITE!**

**BRANLE-BAS DE
COMBAT CHEZ
LES ÉMOTICÔNES.**

GO! GO! GO!

CHAPITRE 5

BZZZZZZZZZZZZZZ!

Tels des mousquetaires : tous pour un, pour un qui pue...

Derrière les grandes portes du château qui s'ouvrent apparaît Dico suivi des autres émoticônes.

Toutes ensemble elles forment un **GRAND** triangle qui, de par sa forme, écarte **TOUTES**

les autres émoticônes
de leur chemin.

—**HOLÀ! DÉGAGEZ!** se
met à crier l'émoticône
Nouille au beau milieu
du groupe. **LAISSEZ-
NOUS PASSER!** Il y a

des élèves qui risquent
de tripler leur année
scolaire, des amoureux
qui ne pourront pas
se marier avec des
extraterrestres qui
font du bricolage
avec Sourire, Bécot,
Clin-D'Œil et Lunettes,
en plus de la pollution
qu'il y a partout alors,
DÉGAGEZ!

—**OUI !** s'écrie à son tour Grande-Gueule derrière elle. Le roi nous a donné pour mission de fabriquer une nouvelle émoticône. Ne vous mettez pas sur notre route, il y a méga urgence, là.

Dans la foule, plusieurs émoticônes réagissent, dont l'émoticône Étonné.

— Mais il y a des années que la fabrique d'émoticônes est fermée, les amies, leur rappelle cette dernière. En plus

d'être abandonnée,
on raconte de bien
étranges histoires
sur cette fabrique.
On dit même que
l'édifice est habité par
des cellulaires-zombis
volants. La plupart de
ceux qui y entrent n'en
ressortent jamais, paraît-
il, et pour les quelques
rares qui y parviennent,

ils perdent leurs belles
couleurs et finissent
aussi blêmes que
les vieilles télés
en noir
et blanc.

Faisant fi de la menace,
le groupe se dirige d'un
pas résolu vers le vieil
édifice. Plus il s'en
approche, et moins

il a de supporters autour
de lui. Lorsqu'il parvient
enfin devant la porte
d'entrée, il ne reste
plus que Dico,
Grande-Gueule
et Nouille.

— **MAIS OÙ SONT
PASSÉES TOUTES
LES AUTRES?**
s'écrie Dico, étonné

de se retrouver avec seulement deux émoticônes.

Nouille lui répond :

—Punk s'est rappelé qu'il avait un rendez-vous avec son coiffeur.

Malade
faisait de la température.

Dodo, elle,
bayait aux corneilles.

Fou, lui, devait aller chercher sa camisole de force chez le nettoyeur.

Et Furieux était juste content de partir.

Découragé mais déterminé, Dico pousse un long soupir, puis tourne la poignée rouillée et ouvre la porte. Ensuite, ignorant sa peur, il entre dans la fabrique, suivi de ses deux amies.

À la sortie du village,
Selfie, Beau-Bonhomme,
Nono, Peureux et Bobo
examinent le paysage

qui s'ouvre devant eux.
Paysage qui leur est

TOTALEMENT

inconnu, puisqu'aucune
émoticône n'a jamais
osé s'aventurer hors
des murs de la ville,
avant eux, bien sûr.

—Je crois que nous
aurions dû apporter

quelque chose pour nous défendre, regrette Selfie. Genre, une tapette à mouches, un jouet qui lance des bulles de savon…

DU SIROP POUR LA TOUX!

— T'en fais pas, le rassure Bobo. Si jamais nous arrivons face à face

avec un ennemi de
la pire espèce, nous
n'aurons qu'à lui lancer
des tas de gros mots
ou des insultes, quoi.

— Tu es certain que de
simples insultes peuvent
faire fuir un ennemi
ou un animal affamé ?
doute Beau-Bonhomme.

YES SIR!

—**OH OUI!** lui répond Bobo. Il y a longtemps, l'émoticône Pas-Gentil m'a appelé Bobo **LE PAS BEAU!** Je suis resté marqué et, à ce jour, je suis en thérapie et je dois me soigner en prenant des Smarties.

Ce n'est pas peu dire à quel point les gros mots peuvent blesser et laisser une cicatrice invisible.

Debout entre Bobo et Beau-Bonhomme, Peureux est complètement immobile. Apeuré, il semble fixer quelque chose devant lui.

Ses amis s'approchent lentement de lui.

— Qu'est-ce qui se passe, Peureux? lui demande tout bas Selfie.

— **MAIS QUEL EST DONC CE MONSTRE QUI SE DRESSE JUSTE DEVANT NOUS?**

—**ÇA ?** lui
dit Bobo.
Ben, c'est
un arbre.

—**AH !** s'exclame Peureux.
C'est la première fois
que j'en vois un.

Selfie, Beau-Bonhomme, Nono et Bobo se lancent de petits sourires moqueurs.

D'entre les branches de l'arbre apparaît tout à coup quelque chose.

— **OUAILLE! VOUS AVEZ VU?**

L'ARBRE NOUS LANCE DES TRUCS VOLANTS!

—Ça, c'est un oiseau, Peureux.

—**AH !** s'exclame encore une fois Peureux. C'est la…

—... première fois que tu en vois un, termine Bobo avant lui.
On le sait.

—Je crois que nous avons **VRAIMENT** assez parcouru de chemin pour aujourd'hui, songe Peureux. Nous devrions ériger un campement juste ici et faire un feu, propose-t-il. Je suggère que nous fassions aussi le guet à tour de rôle. Question de surveiller les arbres autour de nous pour ne pas qu'ils nous attaquent durant la nuit avec des moineaux.

—Désolé, Peureux! lui explique Selfie. Il est à

peine midi et nous ne
pouvons pas faire ça ici.
On ne pourrait pas
refermer les portes
d'entrée, car nous ne
sommes pas encore
vraiment…
SORTIS DE LA VILLE!

Peureux lève les yeux et
se rend compte tout de
suite que lui et ses amis

sont directement dans
le grand cadre des
portes, et qu'ils ne sont
pas vraiment encore
tout à fait sortis de...

OUPS!

À la fabrique...

Dico, Grande-Gueule
et Nouille examinent
les lieux avec
une certaine crainte.

—Il y a tout plein de
toiles d'araignées ici,

fait remarquer Grande-
Gueule à ses deux amis.

Cette dernière parvient
à remettre le courant
et à allumer les lumières.

— **BON!** Au moins il y a
encore de l'électricité,
se réjouit Dico.

TOUT À COUP!

—Vous avez entendu ?
leur demande Nouille.

Grande-Gueule et Dico
cessent aussitôt
de bouger.

—Quoi ? demande Dico
à Nouille en ne remuant
que les lèvres. Qu'as-tu
entendu, toi ?

—**BEN RIEN!** lui répond son amie. **JUSTEMENT!**

—**COMMENT ÇA, RIEN?**

—Ben oui! lui explique Nouille. C'est lorsque tu n'entends rien que tu dois être sur tes gardes, voyons. Tu n'écoutes **JAMAIS** de films, toi?

—Pas les mêmes que toi en tout cas, lui répond Grande-Gueule. **ALLEZ!** Au travail. Il nous faut construire au plus vite cette émoticône Détective. King Crotte compte sur nous.

CHAPITRE

BZZZZZZZZZZZZZZ!

Fabriquer une nouvelle émoticône est plus facile à faire... QU'À DIRE !

Dans le vieil édifice,
Dico, Grande-Gueule
et Nouille s'affairent
maintenant à rassembler
les différentes pièces
qui vont constituer
la nouvelle émoticône.

Cette émoticône
Détective sera, selon
leur bien odorant roi,

celle qui parviendra à
retrouver les quatre amis
perdus, et ainsi sauver
le monde d'une grande
CACAstrophe.

Sur un grand papier
étalé devant lui, sur
le dessus d'un établi,
Dico a élaboré un plan.

—Qu'est-ce qu'il nous faut d'autre, Dico ? lui demande Grande-Gueule, penchée sur le plan de son ami.

Je ne comprends rien
à tes barbots.

—Il nous faut ensuite
un grand objet rond
qui sera le corps de
cette émoticône.

Arrive alors près d'eux
Nouille. Elle a les bras
pleins d'objets qu'elle

dépose maladroitement sur l'établi.

SCLING! CLAC! BIDOU!

—Qu'est-ce que tu as déniché pour nous, Nouille?

—Des yeux, une bouche, des sourcils

et un chapeau, répond
fièrement cette dernière.

Dico examine le tout.
Il remarque aussitôt que
les deux yeux que lui a
rapportés Nouille…

NE SONT PAS IDENTIQUES!

Il y a un œil bleu, et l'autre est gris.

— NON MAIS!

s'impatiente Dico. Tu n'as pas remarqué que les deux yeux ne sont pas de la même couleur? Ils ne sont pas pareils.

—AH ZUT !

—Et puis il manque trois dents à la bouche que tu as trouvée.

—DOUBLE ZUT !

—Tu vas tout de suite retourner à l'entrepôt de la fabrique pour trouver

des yeux convenables
et une bouche…
COMPLÈTE!
Tu as compris?

Nouille ne répond pas
et demeure immobile.

— Mais qu'est-ce que
tu attends pour y aller?
s'impatiente Dico.

—Mais oui! insiste aussi Grande-Gueule. Tu sais que le temps presse, voyons!

—C'est parce, c'est parce que, baragouine Nouille sans vraiment répondre.

—**C'EST PARCE QUE QUOI?** l'interrompt Dico.

—C'est parce que
je ne veux pas retourner
à l'entrepôt toute seule,
parce qu'il y a genre
comme des objets
qui essaient de me
mordre, peu importe
où je vais.

Dico et Grande-Gueule se dévisagent mutuellement. Il y a à l'entrepôt des objets qui tentent de mordre Nouille???

Mais c'est **COMPLÈTEMENT** impossible, ça! Cependant, les deux émoticônes ont décidé

d'accompagner
leur amie
à l'entrepôt.

—Nous y allons avec toi,
Nouille! lui annonce
Dico. **ALLEZ!**
Nous te suivons.

À pas prudents, les trois amis parviennent ensemble à l'entrée de l'entrepôt, où ils s'arrêtent pour inspecter du regard l'endroit, qui est complètement encombré de toutes sortes d'objets poussiéreux.

C'EST UN VRAI LABYRINTHE !

Ne voyant rien qui pourrait les mettre en danger, ils avancent en douceur, discrètement.

—Mais où sont
ces choses qui tentaient
de te mordre, comme
tu nous as dit?
demande Grande-
Gueule en essayant
de ne pas
parler
trop fort.

SOUDAIN, Nouille se
met à grimacer de peur.

Autour des trois amis, plusieurs objets verts flottent dans les airs tout près d'eux. L'émoticône Étonné avait raison…

IL Y A TOUT PLEIN DE CELLULAIRES-ZOMBIS VOLANTS QUI HABITENT LA VIEILLE FABRIQUE!

OOUUUUUAAAAHHH !

—**FUYONS ! VITE !**

Pendant ce temps au château...

Seul avec sa femme dans l'un des appartements privés, le roi s'inquiète et surtout…

S'IMPATIENTE!

—MAIS QU'EST-CE QU'ELLES FONT AU JUSTE? se met-il à gueuler à tue-tête. Il y a des lunes qu'elles sont parties. **CE SONT TOUTES DES INCOMPÉTENTES!** La prochaine fois, je vais y aller moi-même.

D'ailleurs, on n'est jamais si bien servi que par soi-même.

—Mais mon cher époux, tente de le calmer la reine Queen Crotte.

Vous êtes beaucoup trop
DUR avec vos loyaux
sujets, restez MOU.
D'ailleurs, il y a combien
de temps que vos loyaux
sujets sont partis
en mission?

—Il y a une minute
et vingt-deux secondes
qu'ils sont partis.
C'est presque

une minute et demie, ça.
C'EST LONG EN TITI!

Titi = une minute trente
secondes, donc...

Queen Crotte jette un
regard agacé à son mari.

—Je crois que vous exagérez un peu, votre mal ajusté, **EUH!** Votre Majesté! se reprend aussitôt la reine. Donnez-leur tout de même une chance.

—**JE N'« EX » RIEN DU TOUT!** s'emporte encore plus King Crotte.

Je crois que je vais
TOUTES
les

SUPPRIMER

et les envoyer
TOUTES à la
poubelle.

175

—Eh bien, dans ce cas, jetez-vous sur le tapis et faites une « **crise de bacon** », lui propose-t-elle pour se moquer un peu de lui.
Ça pourrait peut-être arranger les choses.

Le roi se met à bouder devant sa femme comme un petit garçon qui n'a pas ce qu'il désire dans un magasin de jouets. Voyant qu'elle ne parvient pas à calmer son mari, la reine décide de s'éclipser.

— **BON!** Je vous laisse avec votre colère, car je dois m'occuper des jumeaux: Princesse et Prince Crotte. **BYE!**

Et elle quitte les lieux aussitôt…

Sur toutes les chaînes de nouvelles, on annonce qu'à la Maison-Blanche l'état d'alerte vient d'être déclaré.

Sur le toit de l'imposant
édifice, plusieurs soldats
surveillent les alentours.
Leur mission : s'assurer
que le quadrilatère est

sécurisé en vue du départ de l'hélicoptère emportant dans un lieu sûr le président des États-Unis, Cabane Au-bas-mot.

YES! Ze président américain a lui-même été la cible d'un attentat terroriste. En quoi consistait cette attaque ?

Eh bien, voici,
sur son iPhone, il a reçu
cette émoticône…

L'ÉMOTICÔNE
CROTTE-DE-NEZ!

Il n'y a donc aucune chance à prendre! L'hélicoptère s'élève soudain vers un lieu **TOP SECRET!**

On ne craint cependant pas pour la vie du

président, ni pour
celle des membres
de sa famille.

VOUCH!

VOUCH!

VOUCH!

CHAPITRE 7

Un désert... PAS DÉSERT!

BZZZZZZZZZZZZ!

Selfie, Nono, Bobo, Beau-Bonhomme et Peureux ont atteint une vaste étendue de sable. La chaleur est accablante et de grosses gouttes de sueur perlent sur leur front.

—Il va falloir trouver de l'eau et très, très vite, constate Selfie. Sinon, nous ne parviendrons **JAMAIS** à traverser ce désert. Je vous en passe un papier de toilette.

—C'est du lait que nous devons boire avec du dessert, s'exclame Nono.

Ses quatre amis se mettent à le dévisager d'étonnement.

—J'ai dit «**DÉSERT**»,
pas «**DESSERT**»,
lui précise Selfie.

—**AH OUAIS!** s'arrête
Nono pour réfléchir.
«**DÉSERT**» et «**DESSERT**»,
bien, c'est presque
la même affaire, ça.

—**BAH!** Si ça te
tente de manger du sable,

tu ne te gênes pas,
hein? se moque Bobo.
EMPIFFRE-TOI! Il y en a
des tonnes devant nous.

—Je peux, tu penses?

—**MAIS NON, VOYONS!**
lui dit Selfie, découragé
par les propos de
son ami.

— Toi, Nono,
tu es beaucoup plus
divertissant qu'une
chaîne de télé, tu sais?
lui lance Peureux.

Soudain, Beau-
Bonhomme aperçoit
au loin un petit filet de
fumée qui s'élève haut
dans le ciel. Il s'y dirige

rapidement, suivi bien sûr des autres.

Arrivés là, ils constatent tous les cinq qu'il y a des branches qui finissent de se consumer et qu'il y a dans le sable les traces de quatre silhouettes qui leur sont très familières.

C'EST CERTAIN!

Les quatre émoticônes
qu'ils recherchent
se sont arrêtées ici pour
se reposer un peu.

—Mais qu'est-ce qui
vous dit que ce sont bien
elles? veut comprendre
Peureux.

Bobo se place juste
au-dessus de l'endroit où

Lunettes s'est couchée dans le sable.

—Parce que ça, lui montre-t-il, c'est le contour **EXACT** de notre amie Lunettes. Nous pouvons bien voir que c'est elle. Il y a trois autres traces autour du feu. Ça ne peut donc

être que Clin-D'Œil,
Bécot et Sourire.

— Vous croyez qu'elles
ont été kidnappées ?
demande ensuite
Peureux.

Selfie reste muet, mais
hoche la tête et hausse
les épaules. Il ne le sait
pas. Puis…

—JE PRENDS TOUT DE SUITE UN SELFIE, dit-il ensuite à ses amis. **ET JE L'ENVOIE À KING CROTTE.**

—Je veux être sur la photo moi aussi! s'écrie Peureux.

—MOI ITOU! désire de même Bobo.

Beau-Bonhomme et Nono se placent eux aussi devant l'objectif du cellulaire de Selfie. Derrière eux, il y a le feu de camp et les quatre silhouettes dans le sable.

—Le roi sera très heureux de voir que nous les avons presque

retrouvées,
se réjouit
Selfie.

Tout le monde sourit !

CLHIC ! Photo prise.

Photo envoyée.

Justement,
au château...

TIZOUUUUUUUU!

Queen Crotte a entendu,
mais pas King Crotte.

—**OH!** Je crois que vous avez reçu un texto, cher mari.

Surexcité, le roi tente de saisir son iPhone, mais il lui glisse des mains et se met à tournoyer au-dessus de sa tête, dans les airs. King Crotte parvient à le rattraper…

MAIS L'ÉCHAPPE ENCORE !

Le iPhone virevolte une
autre fois devant lui
et il le ressaisit…
**MAIS L'ÉCHAPPE
À NOUVEAU!**

Le iPhone frappe la tête
du roi, tourbillonne

quelques secondes
devant lui, touche
sa couronne…
**ET ATTERRIT ENFIN
DANS SA MAIN !**

Devant le roi,
trois spectateurs
applaudissent
le surprenant et très
inattendu spectacle
de jonglerie que
leur a offert le roi.

—**BRAVO, PAPA!**
s'exclame Princesse
Crotte, tout sourire.

—J'ai fait exprès.
C'était pour vous
impressionner que
j'ai fait ça.

Et le roi lance un clin
d'œil discret à son
épouse. Il ment, bien sûr.

Après avoir appuyé sur
le bouton de son iPhone,

le roi aperçoit la photo
que lui a envoyée Selfie.

—**AH NON! DITES-MOI QUE JE RÊVE!** s'emporte encore une fois le roi.

—Mais qu'est-ce qui se passe encore? veut comprendre la reine.

—J'en ai vraiment **RAS-LE-BOL** de ces idiots!

King Crotte montre
la photo à son épouse.

—**REGARDEZ!** Ils se
sont **TOUS** mis sur
la photo. Impossible de
voir ce qu'il y a derrière
eux. **CE SONT TOUS,
TOUS, DES IDIOTS!**

Le roi se met très vite
à texter Selfie.

Excusez-moi de vous demander pardon, mais…

POURRIEZ-VOUS VOUS ENLEVER DE LA PHOTO POUR QUE JE PUISSE VOIR, DERRIÈRE VOUS, CE QUE VOUS AVEZ TROUVÉ?

Et il appuie sur la touche
« **ENVOYER** ».

TIZOUUUUUUUUU!

De retour dans
le désert...

TIZOUUUUUUUUU!

Selfie regarde l'écran
de son iPhone.

— OUPS ! Je crois que le roi n'est pas très content, constate-t-il à grand regret.

Beau-Bonhomme s'approche de lui pour lire le texto de leur moelleux souverain.

— C'est parce que, sur la photo, King Crotte

ne peut pas apercevoir
dans le sable les traces
de nos amies disparues,
voyons… **NOUS
SOMMES TOUS
LES CINQ DEVANT
LE CAMPEMENT
ABANDONNÉ!**

—Il faut reprendre
la photo alors, propose
bien sûr Peureux.

Tandis que Selfie se prépare à prendre une autre photo avec son iPhone, Nono, lui, se place **ENCORE UNE FOIS** devant l'objectif de l'appareil afin d'apparaître **À NOUVEAU** sur la photo.

— **NON, NONO!**
Écarte-toi, il faut que
le roi voie que nous
avons bel et bien
retrouvé les traces
de nos amies
émoticônes disparues.

**Nono
s'exécute,
mais à
contrecœur.**

CLHIC! Photo prise
à nouveau.

Photo envoyée
à nouveau.

CHAPITRE

BZZZZZZZZZZZZZZZ!

King Crotte jongle avec ses problèmes...

De retour au château...

TIZOUUUUUUUUU!

ébrile, le roi tente encore maladroitement de saisir son iPhone,

mais il lui glisse **une autre fois** des mains.
Le petit appareil se met **ENCORE** à tournoyer
au-dessus de sa tête,
dans les airs, et là…

Il est attrapé par Queen
Crotte qui le remet
aussitôt au roi.

—Le spectacle est terminé! se moque-t-elle. Tu es si maladroit, des fois.

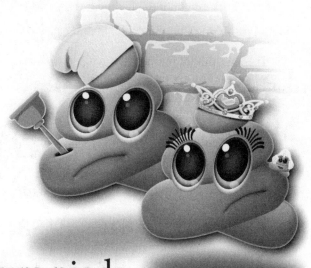

À leurs pieds, Princesse et Prince Crotte sont déçus.

Les enfants s'attendaient
à un autre rigolo
spectacle de jonglerie
de la part de leur père.

Le roi appuie sans
attendre sur le bouton
qui active l'écran
de son iPhone. À sa
grande joie, l'image du
campement lui apparaît.
Il voit maintenant très

bien les restes du feu,
et les traces dans le sable
des quatre émoticônes
disparues.

—Je le savais qu'ils réussiraient, confie le roi à la reine. Ils sont sur le point de retrouver nos quatre amies émoticônes perdues.

Cette dernière fait une moue étonnée à son mari.

—Vous savez, Queen
Crotte, que parfois
il faut faire confiance
aux autres et surtout
être patient.

La reine n'en croit pas
son oreille. **OUI!**
Elle en a juste une.

—Et aussi, poursuit
King Crotte sur la même

note, vous savez qu'un roi ne peut pas faire **TOUT** lui-même, hein. Un prestigieux roi comme moi ne peut pas se permettre, par exemple, de faire une « crise de bacon » sur un tapis, tout de même! J'ai une réputation à protéger, moi... **CAR JE SUIS LE ROI!**

Qu'est-ce qu'il ne faut
pas entendre…

À la fabrique
d'émoticônes
de Textoville…

Dico, Grande-Gueule
et Nouille ont maille
à partir avec les
cellulaires-zombis
qui habitent les lieux.

Les trois amis
courent dans toutes
les directions pour
tenter de les semer.

— **RIEN À FAIRE !** en
déduit malheureusement
Dico, à bout de souffle.
Nous ne parviendrons
jamais à les semer.

—**OUCH!** s'écrie tout à coup Grande-Gueule, qui vient de se faire mordre par l'un des petits monstres volants.

Dans un geste de désespoir, Grande-Gueule administre un bon coup de tête

au petit attaquant
qui ne la lâchait pas
d'une semelle.

COUP DE CHANCE!

Le cellulaire-zombi
tombe lourdement
au sol et se fracasse
en mille morceaux.

CHLIC!
CRAAAAC!
PIDOUUUU!
BOUM!

Tout à coup, Nouille
s'arrête derrière eux.
Elle vient de comprendre
qu'il est préférable
de combattre plutôt
que de tenter de fuir.

— **INUTILE
D'ESSAYER DE
LES SEMER! IL
FAUT SE BATTRE!
NOUS N'AVONS**

PLUS LE CHOIX!

crie-t-elle à ses deux amis.

Dico et Grande-Gueule stoppent net eux aussi.

—Mais tu es folle! tente de lui faire réaliser Dico.

— **PAS DU TOUT!** lui répond Nouille. J'ai suivi des cours de karaté, de judo, d'aïkido et d'origami… **JE SAIS ME BATTRE!** Je suis bretelles brunes…

Puis, déterminée, elle se retourne, prête à se batailler avec la nuée volante.

Derrière elle, Dico et Grande-Gueule ferment les yeux, car ils ne veulent pas être témoins de ce massacre. Ils se doutent bien que cette pauvre Nouille sera...

MISE EN PIÈCES DÉTACHÉES

par la nuée de cellulaires-zombis.

Justement, le premier d'entre eux vole droit sur Nouille. Étonnamment, cette dernière attend avec bravoure, en position de combat. Nouille accueille avec fougue le petit zombi avec un **PUISSANT** coup de savate!

CRAAAAC!

Le téléphone cellulaire tombe sur le plancher, complètement assommé.

— **ÇA, C'EST DU KARATÉ!** s'écrie fièrement Nouille.

Comprenant par le bruit
que leur amie est
parvenue à battre
son premier attaquant,
Dico et Grande-Gueule
ouvrent les yeux.

Mais là, **OH! OH!**
Un deuxième petit
zombi volant arrive
pour venger l'autre.
D'un geste vif, Nouille

l'attrape aussitôt.
Ensuite, elle fait passer
le petit appareil par-
dessus son épaule, puis
le lance avec violence
au sol.

SCHRAAAAAK!

— ÇA, C'EST DU JUDO!

Dico et Grande-Gueule
sont tous les deux très

étonnés de l'incroyable performance de leur amie Nouille.

DEUX CELLULAIRES-ZOMBIS ENTOURENT ENSUITE NOUILLE DANS LE BUT DE LA PRENDRE EN SOURICIÈRE!

La vaillante émoticône demeure courageuse. Les deux petits zombis foncent maintenant vers elle... **À TOUTE VITESSE !**

À la dernière fraction de seconde, Nouille s'écarte de leur trajectoire. La tactique a réussi, car les deux cellulaires-zombis foncent l'un dans l'autre… **ET SE HEURTENT AVEC GRAND FRACAS!**

BRAAAAAAAM!

—ÇA, C'EST DE L'AÏKIDO! Utiliser la force de notre adversaire afin de le vaincre.

Autour de Nouille, les autres cellulaires-zombis demeurent immobiles.

ILS ONT MAINTENANT PEUR!

Avec adresse, Nouille en saisit un, s'assoit dessus pour l'aplatir comme une crêpe, puis se met à le plier plusieurs fois

pour finalement créer
avec lui…

UN JOLI
PETIT
CHAT !

—**ET ÇA, C'EST DE
L'ORIGAMI !** termine
Nouille en souriant.

Autour des trois émoticônes, les autres cellulaires-zombis disparaissent dans les dédales de la grande salle encombrée.

Impressionnés par la performance de leur amie, Dico et Grande-Gueule s'approchent d'elle.

— **WOW!** s'exclame Dico. Je ne savais pas que tu pouvais te défendre comme ça.

—Moi non plus,
lui répond Nouille
pour blaguer.

—Tu m'as vraiment
impressionnée là,

ma chère, tu sais, lui
avoue Grande-Gueule.

—Ben merci! D'accord!
poursuit Nouille.
Alors on y va, là,
fabriquer cette fameuse
émoticône Détective?

Dico et Grande-Gueule
s'étonnent du sérieux
de leur amie.

—**MAIS VOYONS**, Nouille! s'exclame Dico. Qu'est-ce qui se passe? Je ne te reconnais plus. On dirait que tu es en train de devenir…

MOINS, MOINS… NOUILLE!

 Hollywood, c'est une soirée de **GRANDE PREMIÈRE!**

En effet, le **TOUT** dernier film de Lolita Star, la grande vedette des jeunes de la planète, vient tout juste d'arriver dans **TOUTES** les salles

de cinéma à travers
le monde.

Un grand party a été
organisé **JUSTE** pour
elle dans le but de saluer
son **INCROYABLE**
performance. Les plus
grands critiques de films
s'accordent **TOUS** pour
dire qu'il s'agit là d'une
performance digne

non seulement d'une nomination aux Oscars, mais sans doute de l'obtention du trophée de la meilleure actrice de l'année!

Dans la salle bondée, des dizaines de journalistes arrosent de flashs aveuglants la jeune vedette qui fait son entrée.

Les applaudissements fusent de toute part. C'est **TOUT** Hollywood qui a été invité à l'événement : il y a **Brad TiPit** avec sa blonde **Angelina Pasjolie**, **Tom Douze** aussi est ici, **John Le Dip** est présent avec sa nouvelle copine **Hette Tchétéra**, etc.

Un **IMMENSE** écran descend du plafond sur lequel tout le monde dans la salle pourra voir en direct, sur Facebook, les commentaires des **TOUT** premiers spectateurs qui auront eu la chance d'assister aux **TOUT** premiers visionnements de ce magnifique film.

Une journaliste
de la chaîne de télé
Mouvistar, qui a réussi,
malgré la foule dense,
à se frayer un chemin
jusqu'à la jeune actrice,
est sur le point de passer
la vedette de l'heure en
entrevue **PLANÉTAIRE!**
Ça se déroulera
en direct, à travers
le monde, via satellite.

Devant l'actrice, micro en main, la journaliste pose sa question.

—Lolita Star, dites aux millions de téléspectateurs qui nous regardent à quoi vous vous attendez comme réaction de votre public bien-aimé.

Le micro arrive sous
le nez de Lolita.

—Eh bien, commence
la jeune vedette, nous
avons tous travaillé
très fort afin de donner
au public un film à
la hauteur ses attentes.

Je crois que **TOUT LE MONDE VA AIMER MON FILM!**

J'aimerais profiter de l'occasion pour remercier mon manager, ma mère, mon père, mon dentiste, le monsieur qui passe l'aspirateur dans ma piscine, le facteur, mon poisson rouge,

le gars qui a inventé
les Whippets, ainsi que…

L'élan de Lolita est interrompu par les premiers commentaires qui, bien sûr, arrivent sur le grand écran sous forme d'émoticônes…

Dans la salle,
à la place du
bruit festif des
glaçons des
cocktails qui
ont été servis
aux convives,
un grand
silence plane
maintenant.

La vue des centaines
d'émoticônes injurieuses
et grossières qui
s'accumulent sur
la page Facebook
de la jeune vedette
a comme jeté un froid
sur tout le monde.

Les mains cachant son
visage, Lolita Star quitte
la salle en trombe,

entourée de ses proches.
Ces derniers tentent
tant bien que mal
de la réconforter.

Lolita Star semble être
devenue une autre
innocente victime…

DES ÉMOTICÔNES
DISPARUES!

Selfie, Beau-Bonhomme, Nono, Peureux et Bobo ont réussi à traverser le désert. Les traces de leurs quatre amis dans le sable les ont conduits à l'entrée d'un endroit **VRAIMENT** étrange. Ne sachant que faire, les cinq émoticônes étudient les lieux.

—On dirait une sorte de ville médiévale entourée d'une haute muraille,

constate Selfie.

Vous avez vu? Il y a
une personne qui monte
la garde à l'entrée.

— Vous croyez que
c'est une prison?
se demande quant à lui
Beau-Bonhomme. Vous
croyez que nos amis ont
été faits prisonniers?

Personne n'ose lui répondre, car aucun d'entre eux n'a **JAMAIS** vu pareil endroit.

—Vous avez aperçu ces curieuses structures métalliques qui montent vers le ciel et qui partent de l'intérieur de cette enceinte?

Discrètement, sans
se faire voir du gardien
à l'entrée, les cinq
émoticônes s'approchent
de la muraille. Là,
plusieurs cris de terreur
résonnent et les font
sursauter.

— Vous… vous croyez qu'il y a des méchants qui habitent cette ville? demande Peureux soudain devenu très nerveux. Et que ces méchants torturent nos amis?

Peureux se met ensuite
à trembler de peur.
Bobo s'approche de
lui pour le rassurer.

—Ne t'en fais pas,
Peureux, si jamais
ça va mal, Nono
va pouvoir
nous
protéger.

Ce dernier n'est pas chaud à l'idée de servir de bouclier au groupe.

Tout à coup, Selfie a une idée.

—**JE SAIS!** s'écrie-t-il en oubliant qu'il fallait agir avec discrétion.

—Pas si fort, lui rappelle Beau-Bonhomme. Tu as oublié qu'il y a un garde à l'entrée?

—**OUPS!** Désolé! poursuit Selfie. Nous allons faire la courte échelle afin que je puisse voir ce qui se passe derrière ce mur.

—La courte échelle?
répète Nono, pas certain
d'avoir bien compris.

—Oui! lui confirme
Selfie. C'est **TRÈS TRÈS
TRÈS TRÈS SIMPLE!**
Beau-Bonhomme
va faire monter Nono
sur sa tête. Peureux,
lui, va monter sur la tête
de Nono. Bobo va

ensuite grimper sur
Beau-Bonhomme
et Nono, pour enfin
atteindre Peureux.
Moi je grimperai
sur vous tous pour
finalement être assez
haut pour jeter un
coup d'œil par-dessus
la muraille. C'est la seule
façon de voir ce qui
se passe de l'autre côté.

Malheureusement, autour de Selfie, personne ne semble avoir saisi.

—**AH! AAAH! AAAAH!**
s'impatiente l'émoticône.
Montez l'un par-dessus
l'autre pour que
je puisse, moi, me
retrouver assez haut
pour jeter un coup d'œil
par-dessus la muraille.

—**AH !** D'accord!
répondent-ils tous en
chœur. Il fallait juste
le dire.

À la fabrique...

La construction de la tant attendue émoticône Détective va bon train. Dico, Grande-Gueule et Nouille font l'inventaire des pièces qu'ils ont réussi à rassembler sur l'établi.

—Corps? Demande
Dico.

—**TCHECK!**
lui répond Nouille
après avoir vérifié
qu'elle avait bien en sa
possession ladite pièce.

—Deux yeux? poursuit
Dico.

—**TCHECK!**
lui répond à nouveau
Nouille. Nous les avons
aussi, et de la même
couleur en plus,
lui confirme son amie.

—Nez?

—**TCHECK!**

—Bouche?

—**TCHECK!**

—Cheveux?

—**TCHECK!**

—Chapeau de Sherlock Holmes?

—**TCHECK!**

—Nous avons tout
ce qu'il faut! se réjouit
Dico. Reste à coller
tout ça avec du papier
adhésif et mettre
le courant pour
qu'elle prenne vie.

—C'est aussi simple
que ça? demande
Grande-Gueule.

—**OUAIS!** lui répond Dico, certain de ce qu'il reste à faire. Tu as été conçue de cette façon toi aussi, ma chère Grande-Gueule.

Quelques minutes plus tard, tout est prêt pour le grand moment.

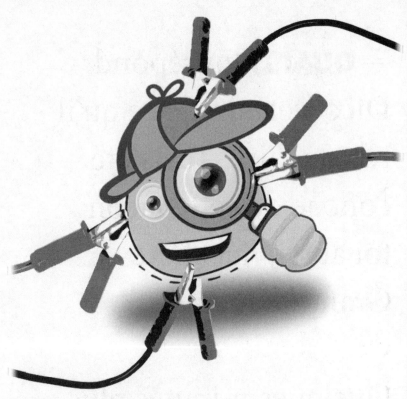

La main sur
l'interrupteur, Nouille
attend, fébrile, le signal
de son ami Dico.

— **GO !** lui hurle enfin ce dernier.

Nouille abaisse sans attendre le grand dispositif. Aussitôt, de violents éclairs illuminent la fabrique et frappent de plein fouet... **L'ÉMOTICÔNE DÉTECTIVE !**

De retour à, euh, personne ne sait en fait...

Juché à plusieurs mètres du sol par-dessus ses amis, Selfie constate à regret qu'il ne peut pas atteindre la partie la plus haute de la muraille.

Il est malheureusement impossible pour lui de voir ce qui se cache dans cette enceinte.

— **ALORS ?** lui demande Peureux, juste sous lui. Qu'est-ce que tu vois ?

— **ABSOLUMENT RIEN !** lui répond Selfie.

—Comment ça, rien ?
veut comprendre Nono.

—Je ne suis pas assez
haut ! Il me manque une
trentaine de centimètres
encore.

Il lui vient cependant
une autre idée.

Encore ?

—J'AI TROUVÉ!

s'exclame-t-il d'en haut.
À bout de bras, je crois
que je peux prendre
une photo de l'intérieur
de l'enceinte avec mon
iPhone. Je ne pourrai
pas voir ce que
je photographie, mais
au moins, nous aurons
une bonne idée de

ce qu'il y a de l'autre côté de ce mur de pierres.

— **BONNE IDÉE!** lui crie Bobo, lui qui, malheureusement, soutient tous ses amis. **DÉPÊCHE-TOI!** Vous commencez vraiment à être **TROP** lourds, vous savez.

Après avoir pris la photo, Selfie se retrouve sur la terre ferme, entouré de ses quatre amis. Ensemble, ils regardent, le visage triste, la photo qu'a prise Selfie.

MAUVAISE NOUVELLE !

—Il faut prévenir tout de suite King Crotte! s'exclame Selfie, l'air grave. Comment se nomme cet endroit où nous nous trouvons, d'après vous?

Nono lui répond.

—J'ai aperçu un prénom au-dessus de l'entrée

lorsque nous nous sommes approchés du mur, «Bob». Il y avait d'autres mots après le nom «Bob», mais je n'ai pas eu le temps de voir de quoi il s'agissait.

Sans attendre une minute de plus, Selfie se met à texter le roi afin de lui apprendre

la **TRÈS** triste et **TRÈS** mauvaise nouvelle.
Une fois qu'il a terminé, il appuie sur la touche « Envoyer ».

TIZOUUUUUUUUU!

CHAPITRE 10

BZZZZZZZZZZZZZ!

Une image qui vaut...
MILLE MAUX!

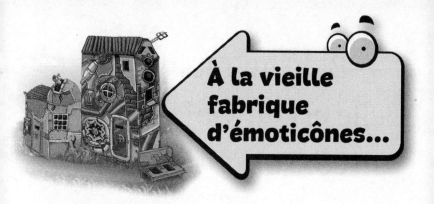

À la vieille fabrique d'émoticônes...

Dico, Nouille et Grande-Gueule regardent tous les trois d'un air découragé le résultat de leur travail.

LEUR CRÉATION!

—Bah, au moins,
elle est en vie !
se console Nouille.

Dico se penche vers
son amie Grande-Gueule.

—Tu crois que cette émoticône ressemble vraiment à une émoticône Détective, toi?

Grande-Gueule secoue la tête. Elle ne croit pas, non.

—Peut-être que si nous n'avions pas fait brûler

le chapeau de Sherlock
Holmes sur sa tête
avec une surdose
d'éclairs, peut-être
qu'elle ressemblerait
plus à un
détective.

—On fait quoi
maintenant?
demande Nouille.

—Ben, on attend qu'elle retrouve Sourire, Bécot, Clin-D'Œil et Lunettes, lui répond Dico. **REGARDE!** Je pense qu'elle vient de renifler une piste. Elle semble déjà chercher!

Sous les regards des trois amis, l'émoticône Détective

se dirige, en marchant
le dos courbé, vers
l'extérieur de l'édifice
tout en murmurant…

CIMETIÈRE!

Frappés par ce qu'ils
viennent d'entendre,
Dico, Grande-Gueule
et Nouille grimacent
de chagrin.

—Vous pensez que nos amis sont, sont…, commence Nouille tout bas.

—Ne dis pas ça! lui intime Grande-Gueule. Je te l'interdis.

—Je ne sais pas, réplique à son tour Dico. Nous n'avons pas le choix de la suivre, peu importe où elle va… **ALLONS-Y!**

Pendant ce temps au château...

TIZOUUUUUUUU!

Surexcité, le roi tente de saisir son iPhone,

mais il lui glisse
des mains et se met
à tournoyer au-dessus
de sa tête, dans les airs.
King Crotte parvient
à le rattraper… **MAIS
L'ÉCHAPPE ENCORE!**

Le iPhone virevolte
une autre fois devant lui,
il le ressaisit…

MAIS L'ÉCHAPPE À NOUVEAU!

Le iPhone frappe la tête du roi, tourbillonne quelques secondes devant lui, touche sa couronne…

ET ATTERRIT ENFIN DANS SA MAIN!

—BRAVO, PAPA !

s'écrient d'une même
voix ses enfants.

—Enfin un texto de
Selfie, constate le roi qui
se met à le lire aussitôt.

Très cher King Crotte. Au péril de notre vie, nous sommes parvenus à découvrir ce qu'il était advenu de nos amis Sourire, Bécot, Clin-D'Œil et Lunettes. Je suis **TRÈS TRÈS** peiné d'avoir, moi, à vous apprendre cette bien triste nouvelle.

Le roi inspire profondément et poursuit la lecture du texto.

Nos quatre amis ont bel et bien été kidnappés par un être très vilain, appelé **BOB**. Ce personnage crapuleux a donné Sourire, Bécot,

Clin-D'Œil et Lunettes en pâture à une espèce de gros monstre qui, lui, les a **CARRÉMENT** avalés. Nous avons une photo d'eux qui hurlent, dans le ventre même de ce monstre. Une photo vraiment des plus troublantes, je dois vous l'avouer.

Dans la tête du roi, un curieux doute s'installe.

 Comment as-tu dit qu'il s'appelait, ce méprisant personnage ?

Selfie **BOB!**

Tout simplement **BOB**.

Le roi réfléchit quelques secondes, puis texte à nouveau Selfie.

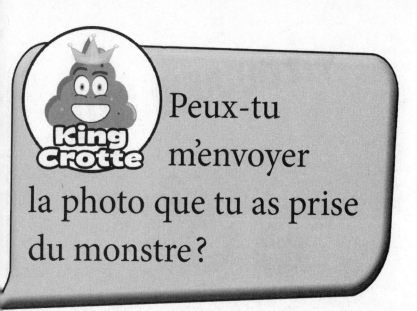

Peux-tu m'envoyer la photo que tu as prise du monstre?

Quelques longues secondes s'écoulent, puis le texto de Selfie finit par arriver dans le iPhone du roi.

TIZOUUUUUUUU!

Sous le regard étonné de sa femme, Queen Crotte, et de ses enfants, le roi entre **ENCORE** une fois dans une vive colère.

—JE LE SAVAIS! CE SONT TOUS DE PRODIGIEUX IMBÉCILES! se met-il à crier.

—Qui? demande alors la reine.

—Selfie, Beau-Bonhomme, Nono, Peureux et Bobo, bien sûr!

—Mais pourquoi?
veut comprendre
Queen Crotte.

—Parce que ces
IMBÉCILES croient
que Sourire, Bécot,
Clin-D'Œil et Lunettes
ont été kidnappés par
un certain Bob, et que
nos plus populaires
émoticônes ont été

mangées par une espèce
de monstre, quand,
en fait, Sourire, Bécot,
Clin-D'Œil et Lunettes
sont tout simplement en
train de s'amuser à bord
d'un manège au parc
d'attractions Bob Disney
World.

318

— **HEIN?**

— **OUI!** regarde la photo que Selfie m'a envoyée.

Une minute plus tard...

Selfie reçoit tout à coup du roi un texto de bêtises

lui expliquant
la situation. Après avoir
lu ledit texto, il regarde
ses quatre amis,
d'un air des plus gênés.

—Mais qu'est-ce qu'il y a?
lui demande Peureux.

—Le roi vient de **TOUT**
m'expliquer, commence
Selfie la mine déconfite.

NOUS AVONS VRAIMENT GAFFÉ, CETTE FOIS, LES AMIS!

—Mais qu'est-ce que tu veux dire par « gaffé » ? lui demande Beau-Bonhomme.

—Il n'y a pas de
MÉCHANT BOB,
ni de monstre
bouffeur d'émoticônes,
leur explique Selfie.
Nous nous trouvons en
fait à l'entrée d'un parc
d'attractions appelé
Bob Disney World,
et nos quatre amis,
Sourire, Bécot,

Clin-D'Œil et Lunettes, ont tout simplement décidé de prendre des vacances sans aviser personne. Le roi nous demande d'aller les chercher **TOUT DE SUITE** et de revenir **SUR-LE-CHAMP** au château.

Les cinq amis avalent
bruyamment leur salive,
car ils devront bientôt
faire face à…

LA COLÈRE DE KING CROTTE!

Hi! Hi!
DERNIER CHAPITRE
SPAT!
TOUT EST BIEN
QUI FINIT LE ROULEAU...

Dans la grande salle de bain du château, les festivités vont bon train. C'est tout Textoville qui a été invité à célébrer le retour des plus populaires émoticônes du royaume.

327

Le roi a pardonné à Sourire, Bécot, Clin-D'Œil et Lunettes leur petite escapade à Bob Disney World. Il est vrai que ses émoticônes préférées avaient sans doute besoin de petites vacances. Normal, avec **TOUT** le travail qu'elles doivent accomplir.

King Crotte a aussi
passé l'éponge sur
la «gaffe» de Selfie,
Beau-Bohomme, Nono,
Bobo et Peureux. Tout
va donc très bien, et
la vie reprend lentement
son cours…

À LA COUR!

La reine remarque
cependant que certaines

émoticônes manquent **TOUJOURS** à l'appel. Dico, Grande-Gueule et Nouille, qui avaient pour mission de **CRÉER** une émoticône Détective, ne sont pas encore revenus...

ÉTRANGE !

Alors que la reine se dirige vers le roi pour lui

signaler la situation,
les trois amis apparaissent
tout à coup à la porte
de la grande salle de bain
du château…

AVEC LEUR CRÉATION !

Quand on parle du loup…

Queen Crotte va vers
eux pour les accueillir.

Après avoir effectué
un **TRÈS** grand salut
à sa reine, Dico prend
la parole.

—Votre Majesté,
j'ai l'insigne honneur
de vous présenter notre
émoticône Détective.

333

—Elle ressemble
plutôt au monstre
de Frankenstein,
si vous voulez mon avis,
commente la reine.

—Il est vrai que tout
ce que notre création
a réussi à trouver

aujourd'hui, chère reine, c'est le cimetière, lui concède Grande-Gueule.

— **BAH!** À défaut de pouvoir retrouver les objets perdus, songe la reine, votre «création» pourra passer aux portes des maisons des humains le jour de l'Halloween

pour nous ramasser
des bonbons.

Nouille éclate de rire…

De **TRÈS** bonne humeur et pris d'une forte envie de fêter, le roi propose que l'on ajoute du divertissement à sa réception.

À peine a-t-il formulé cette demande, que ses deux enfants, Princesse et Prince Crotte, arrivent tout excités vers lui.

— PAPA! PAPA!

s'écrient-ils tous les deux pendus à ses pieds. S'il te plaît, fais devant tout le monde… **TON FAMEUX TOUR DE JONGLERIE AVEC TON IPHONE!**

— AH NOOOOOOOON!

À l'école
A.B.C.D.E.

Oui « **E** », car Roméo
le concierge a finalement
pris le temps de remettre
à sa place la lettre
tombée de la façade
de l'école.

Dans sa classe, madame
Julie peut maintenant

340

remettre les choses en ordre. Pour son beau travail, elle donne à Aurélie un autocollant « **WOW!** », au lieu du « **YARK!** » qu'elle lui avait donné plus tôt par erreur.

Toute fière, la jeune élève colle à l'endroit

qui lui était réservé
la précieuse
et valorisante
récompense.

Alors que se déroule
la récré des sixième
année…

Assise sur le rebord d'une fenêtre, Émilie constate que, dans le dernier texto de Justin, la dégoûtante émoticône Mon-Œil a, comme par magie, disparu. À sa place, elle y voit l'émoticône Bécot.

Celle que lui avait envoyée Justin.

COMME C'EST ÉTRANGE !

Souriante, Émilie se lève et marche lentement vers Justin, afin de lui prendre la main…

Fin

Apposer: mettre, poser

Autorité: pouvoir, responsable

Baragouiner: parler avec difficulté

Cicatrices: marques laissées par une blessure

Dédales: endroit où on peut s'égarer

Édifice: bâtiment

Élaborer: organiser

Enceinte: muraille

Établi: table de travail

Étonnement: surprise

Fougue: ardeur, passion

Gouverner: diriger

Guet: surveillance

Impressionnante: étonnante

Inventaire: comptage

Médiévale: du Moyen Âge

Minuscule: petit

Monarchie: gouvernement

Onctueuse: crémeuse

Pollution: saleté dans l'air

Ratisser: fouiller avec méthode

Sujets: habitants d'un pays

Supporters: fans, personnes qui encouragent